LECTURES CLE EN FRANÇAIS FACILE

D0819426

Le Comte
de Monte-Cristo

Alexandre Dumas

Adapté en français facile
par Brigitte Faucard-Martinez

CLE
INTERNATIONAL

Alexandre Dumas naît en Normandie en 1802. Il perd son père à l'âge de quatre ans. À quatorze ans, pour aider sa famille, il devient clerc[1] de notaire.

En 1822, il part à Paris et commence à écrire. La représentation du drame *Henri et la cour*, en février 1829, lui ouvre les portes du succès.

Il écrit d'abord pour le théâtre, puis se tourne vers le roman. Avec *Le Comte de Monte-Cristo* (1844), il devient très célèbre. Il écrit alors d'autres romans à succès, publiés parfois sous forme de feuilletons[2] : *Vingt ans après* (1845), *La Reine Margot* (1845).

Il meurt en 1870.

* * *

---

1. Clerc de notaire : employé d'un notaire.
2. Feuilletons : chapitres ou passages de romans qui sont publiés tous les jours dans un journal.

Le Comte de Monte-Cristo, qui paraît d'abord en feuilleton dans le *Journal des Débats,* obtient tout de suite un grand succès.

Pour écrire cet extraordinaire roman, Dumas s'inspire d'une anecdote qu'il lit dans *La Police dévoilée* de Peuchet. Il s'agit de l'histoire d'un homme fiancé à une belle jeune fille et que ses ennemis dénoncent, par jalousie, comme agent de Louis XIII[1]. Après sept ans d'emprisonnement, l'homme est libéré puis il fait fortune et décide de se venger.

À partir de cette histoire, Dumas nous éblouira avec un fabuleux roman d'aventures, aux saveurs orientales, dont le thème principal est la vengeance.

---

1. Agent de Louis XIII : personne qui travaille pour le compte de Louis XIII.

Les mots ou expressions suivis d'un astérisque* dans le texte sont expliqués dans le Vocabulaire, page 61.

*L*E 24 FÉVRIER 1815, la vigie* de Notre-Dame-de-la-Garde signale l'arrivée du trois-mâts* le *Pharaon*, venant de Smyrne, Trieste et Naples.

Le bateau* avance lentement dans le port* de Marseille. Près du pilote*, se trouve un jeune homme qui surveille chaque mouvement du navire. Il a environ vingt ans, il est grand, mince, avec de beaux yeux noirs et des cheveux d'ébène[1] : il y a dans toute sa personne cet air calme et décidé particulier aux hommes habitués depuis leur enfance à lutter contre le danger.

Bientôt, une petite barque* s'approche du navire qui continue à manœuvrer*.

En la voyant arriver, le jeune homme quitte son poste à côté du pilote et vient saluer l'homme qui se trouve dans la barque et qui n'est autre que M. Morrel, l'armateur* du trois-mâts.

– Ah ! c'est vous, Dantès ! crie M. Morrel, où est le capitaine* Leclère ?

– Il est mort.

– Que dites-vous ? Mais que s'est-il passé ?

– Le capitaine Leclère a eu une longue conversa-

---

1. Cheveux d'ébène : cheveux très noirs.

tion avec le commandant* du port, puis il a quitté Naples fort agité ; au bout de vingt-quatre heures, il a commencé à avoir une forte fièvre et trois jours après, il était mort. Nous lui avons fait des funérailles[1] et il repose à la hauteur de l'île* d'El Giglio. Et maintenant, si vous voulez monter, M. Morrel, voici M. Danglars, votre comptable, qui vous donnera tous les renseignements que vous voulez.

L'armateur saisit aussitôt le câble* que lui jette Dantès et monte à bord* du navire. Danglars s'avance alors vers lui, tandis que le jeune marin* retourne à son poste.

Le nouveau venu est un homme d'environ vingt-cinq ans, à l'aspect antipathique.

– Eh bien, M. Morrel, dit-il, vous connaissez le malheur, n'est-ce pas ?

– Oui, oui, pauvre capitaine Leclère ! C'était un brave et honnête homme !

– Et un excellent marin, qui connaissait bien son métier, ajoute Danglars.

– C'est juste, répond M. Morrel, mais je vois qu'il n'y a pas que lui...

En disant cela, il montre Dantès qui cherche son mouillage*.

– Oui, dit Danglars en jetant sur Dantès un regard plein de haine, il est jeune et n'a peur de rien. Le capitaine était à peine mort qu'il a pris le commandement, sans consulter personne : mais il nous a fait perdre un

---

1. Funérailles : cérémonies accomplies quand une personne meurt.

jour et demi à l'île d'Elbe au lieu de revenir directement à Marseille.

– Dantès, dit l'armateur en se retournant vers le jeune homme, venez donc ici.

– Pardon, monsieur, dit Dantès, je suis à vous dans un instant.

Puis, s'adressant à l'équipage* :

– Mouille*, dit-il.

Il regarde la manœuvre* puis vient retrouver M. Morrel.

– Maintenant que le navire est mouillé, me voilà tout à vous. Vous vouliez me parler ?

Danglars fait un pas en arrière.

– Je voulais vous demander pourquoi vous vous étiez arrêté à l'île d'Elbe.

– Je l'ignore, monsieur : c'était pour accomplir un dernier ordre du capitaine Leclère qui, en mourant, m'a donné un paquet pour le grand maréchal Bertrand.

– Et vous l'avez vu ?

– Le grand maréchal ? Oui.

Morrel baisse un peu le ton et dit :

– Et comment va l'Empereur ?

– Bien, m'a-t-il semblé.

– Vous l'avez vu ?

– Je l'ai vu et je lui ai parlé ou, plus exactement, c'est lui qui m'a parlé.

– Allons, allons, continua l'armateur en frappant amicalement sur l'épaule du jeune homme, vous avez bien fait, Dantès, de suivre les instructions du capitaine Leclère et de vous arrêter à l'île d'Elbe. Cependant, j'espère qu'on ne saura jamais que vous avez remis un paquet au maréchal et parlé avec l'Empereur, car vous pourriez avoir de graves ennuis.

– Et pourquoi pensez-vous que je peux avoir des ennuis ? Je ne sais même pas ce que je portais...

Le jeune homme s'éloigne et, instinctivement, Danglars se rapproche de l'armateur.

– Alors, il vous a donné de bonnes raisons de son arrêt à l'île d'Elbe ? lui demande-t-il.

– D'excellentes, mon cher monsieur Danglars.

– Tant mieux. Vous a-t-il remis une lettre du capitaine ?

– Qui ? Dantès ?

– Oui.

– À moi, non ! Il en avait une ?

– Je croyais qu'en plus du paquet, le capitaine lui avait remis une lettre.

– Il ne m'en a pas parlé, dit l'armateur.

– Alors, monsieur Morrel, je vous en prie, ne parlez point de cela à Dantès. J'ai dû me tromper.

À ce moment, le jeune homme revient ; Danglars s'éloigne.

– Eh bien, mon cher Dantès, êtes-vous libre ? demande l'armateur.

– Oui, monsieur.

– Alors, vous pouvez venir dîner avec nous ?

– Excusez-moi, monsieur Morrel, excusez-moi, je vous prie, mais je dois ma première visite à mon père.

– C'est juste, c'est juste. Je sais que vous êtes un

bon fils. Eh bien, après cette première visite, nous comptons sur vous.

– Excusez-moi encore, monsieur Morrel ; mais, après cette visite, je dois en faire une autre...

– Ah ! c'est vrai, Dantès ; j'oubliais qu'il y a aux Catalans[1] quelqu'un qui doit vous attendre : la belle Mercédès. Quand auront lieu les fiançailles[2] ?

– Bientôt, monsieur : d'ailleurs j'aurai un congé à vous demander...

– Pour vous marier ?

– Pour cela, en effet, puis pour aller à Paris.

– Bon, bon ! vous prendrez le temps que vous voudrez, Dantès... seulement, dans trois mois, vous devrez être là. Le *Pharaon* ne peut pas repartir sans son capitaine.

– Sans son capitaine ! s'écrie Dantès les yeux brillants de joie ; vous avez l'intention de me nommer capitaine du *Pharaon* ?

– Oui, Edmond.

– Oh ! monsieur Morrel, s'écrie le jeune marin, saisissant, les larmes aux yeux, les mains de l'armateur, je vous remercie, au nom de mon père et de Mercédès.

Edmond fait ses adieux puis saute dans la barque et s'éloigne.

L'armateur le suit un moment des yeux puis se retourne et voit derrière lui Danglars, qui, en appa-

---

1. Aux Catalans : dans le quartier des Catalans.
2. Fiançailles : promesse de mariage entre deux futurs mariés.

rence, semble attendre ses ordres mais qui, en réalité, suit comme lui le jeune marin du regard.

Seulement, il y a une grande différence dans l'expression de ce double regard qui suit le même homme.

* * *

Quelques heures plus tard, Danglars boit un verre de vin au café « la Réserve » avec son ami Caderousse. À un moment, Caderousse voit son ami Fernand et il l'appelle :

– Eh ! le Catalan ! eh ! Fernand ! lui crie-t-il. Viens donc boire un verre avec nous.

Fernand s'approche de la table et se laisse tomber sur une chaise. Il a l'air à la fois triste et en colère. Il ne boit pas le verre de vin que lui présente Caderousse et reste tête baissée, sans dire un mot.

– Vois-tu, Danglars, dit Caderousse, en faisant un clin d'œil[1] à son ami, voici la chose : Fernand, qui est un bon et brave Catalan, un des meilleurs pêcheurs* de Marseille, est amoureux d'une belle fille qu'on appelle Mercédès ; mais malheureusement il paraît que la belle fille, de son côté, est amoureuse du second* du *Pharaon* ; et comme le *Pharaon* est arrivé aujourd'hui même dans le port, tu comprends ?

– Oui, je comprends. Le pauvre garçon ! dit Danglars en feignant[2] de plaindre le jeune homme de

---

1. Faire un clin d'œil : fermer rapidement une paupière pour faire un signe.
2. Feindre : faire semblant.

tout son cœur. Quand on aime quelqu'un, il est difficile d'accepter que l'amour ne soit pas partagé. Et le mariage, c'est pour quand ?

– Oh ! il n'est pas encore fait ! murmure Fernand.

– Non, c'est vrai, mais il se fera, dit Caderousse d'une voix pâteuse[1] car il en est au moins à son huitième verre de vin ; aussi vrai que Dantès sera capitaine du *Pharaon*, n'est ce pas, Danglars ?

Danglars tressaillit[2] en entendant cela.

– Eh bien, dit-il d'un ton haineux en remplissant les verres, buvons à la santé du capitaine Edmond Dantès, le mari de la belle Catalane.

Caderousse avale son verre d'un trait. Fernand prend le sien et le jette par terre.

– Eh, eh, eh ! dit Caderousse, qu'est-ce que je vois, là-bas, en haut de la butte[3] ? Regarde donc, Fernand, tu as une meilleure vue que moi : on dirait deux amoureux qui marchent la main dans la main. Ils ne se doutent pas que nous les voyons et les voilà qui s'embrassent !

Danglars voit l'angoisse de Fernand, dont le visage se décompose à vue d'œil.

– Les connaissez-vous, monsieur Fernand ? demande-t-il.

– Oui, répond celui-ci d'une voix sourde, c'est monsieur Edmond et mademoiselle Mercédès.

---

1. Avoir la voix pâteuse : parler avec difficulté (ici, à cause de l'ivresse).
2. Tressaillir : faire un léger mouvement du corps sous l'effet de la surprise.
3. Butte : petite hauteur.

– Ah ! voyez-vous ! dit Caderousse, et moi qui ne les reconnaissais pas ! Ohé, Dantès ! ohé, la belle fille ! venez un peu par ici, et dites-nous à quand le mariage. Holà, Edmond ! tu ne vois donc pas les amis, ou est-ce que tu es devenu trop fier pour leur parler ?

– Non, mon cher Caderousse, répond Dantès, je ne suis pas fier, mais je suis heureux, et le bonheur aveugle, je crois, encore plus que la fierté.

– À la bonne heure, voilà une excellente explication ! dit Caderousse. Eh ! bonjour, madame Dantès.

Mercédès salue gravement.

– Ce n'est pas encore mon nom, dit-elle, et, dans mon pays, cela porte malheur d'appeler les filles du nom de leur fiancé avant que ce fiancé soit leur mari ; appelez-moi donc Mercédès, je vous prie.

– Il faut pardonner à ce bon Caderousse, dit Dantès, il se trompe de si peu de chose !

– Ainsi, la noce va bientôt avoir lieu, monsieur Dantès ? dit Danglars en saluant les deux jeunes gens.

– Le plus tôt possible, monsieur Danglars ; aujourd'hui on parle de notre futur mariage chez Papa Dantès et demain, ou après-demain, au plus tard, on fera le dîner de fiançailles, ici, à la Réserve.

– Demain ou après-demain les fiançailles, dit Danglars... diable ! vous êtes vraiment pressé, capitaine.

– Danglars, reprend Edmond en souriant, je vous dirai comme Mercédès disait tout à l'heure à Caderousse : ne me donnez pas le titre qui ne me convient pas encore, cela me porterait malheur.

– Pardon, répond Danglars ; je disais simplement que vous étiez bien pressé ; que diable, nous avons le temps : le *Pharaon* ne reprendra la mer* que dans trois mois.

– On est toujours pressé d'être heureux, monsieur Danglars... Mais ce n'est pas l'égoïsme seul qui me fait agir : je dois aller à Paris.

– Ah vraiment ! à Paris, vous y avez affaire ?

– Pas pour moi : une dernière commission de notre pauvre capitaine Leclère à remplir ; vous comprenez, Danglars, c'est sacré.

– Oui, oui, je comprends, dit tout haut Danglars.

Puis tout bas :

– À Paris, pour remettre à son adresse sans doute la lettre que le grand maréchal lui a donnée. Cela me donne une idée, une excellente idée ! Ah ! Dantès, mon ami, tu n'es pas encore le numéro 1 du *Pharaon*.

Puis se retournant vers Edmond, qui s'éloigne déjà :

– Bon voyage, lui crie-t-il.

– Merci, répond Edmond.

Puis les deux jeunes gens reprennent leur route, calmes et joyeux, ne pensant qu'à leur bonheur.

* * *

Danglars les suit un moment des yeux puis, se retournant, il aperçoit Fernand qui est retombé tout pâle sur sa chaise.

– Ah ça ! mon cher monsieur, lui dit-il, voilà un mariage qui ne semble pas faire votre bonheur.

– Il me désespère.

– Vous aimez donc Mercédès ?

– Je l'adore !

– Depuis longtemps ?

– Depuis que nous nous connaissons, je l'ai toujours aimée.

– Et vous êtes là, sans rien faire !

– Que voulez-vous que je fasse ? demande Fernand.

– Je ne sais pas, moi... Ce n'est pas moi qui suis amoureux de Mlle Mercédès.

– Je voulais le tuer, mais Mercédès m'a dit un jour que s'il arrivait malheur à Dantès, elle se tuerait.

– Bah ! on dit ces choses-là, mais on ne les fait pas.

– Vous ne connaissez pas Mercédès, monsieur, dit Fernand. Si elle le dit, elle le fera.

– Imbécile ! murmure Danglars : qu'elle se tue ou non, que m'importe... ce que je veux c'est que Dantès ne soit pas capitaine !

Puis, s'adressant à Fernand :

– Vous me paraissez un gentil garçon, et je voudrais vous aider. Pour ce faire, je ne vois qu'une solution : il suffit que Dantès n'épouse pas celle que vous aimez ; et il n'est pas nécessaire que Dantès trouve la mort pour que le mariage ne se fasse pas.

– La mort seule les séparera, dit Fernand.

– L'absence sépare autant que la mort. Supposez qu'il y ait les murs d'une prison entre Edmond et Mercédès...

Caderousse qui, très ivre, écoute à peine ce qui se passe, demande soudain :

– Pourquoi va-t-on mettre Dantès en prison ? Il n'a ni tué, ni volé.

– Tais-toi, dit Danglars.

– Je ne veux pas me taire, moi, dit Caderousse. Je veux qu'on me dise pourquoi on mettrait Dantès en prison. Moi, j'aime Dantès. À ta santé, Dantès !

Et Caderousse boit un autre verre de vin et se met à dormir sur la table.

– Mais quel moyen peut nous permettre de faire arrêter Dantès ? demande Fernand.

– Garçon, dit Danglars, une plume, de l'encre et du papier !

Le garçon apporte aussitôt ce qu'on lui demande.

– Dantès revient de l'île d'Elbe ; quelqu'un pourrait le dénoncer au procureur du roi[1] comme agent bonapartiste[2]... et pour éviter des problèmes à celui qui le dénoncerait, il faudrait agir comme je vais faire maintenant : prendre cette plume, la tremper dans l'encre et écrire de la main gauche, pour que l'on ne reconnaisse pas l'écriture.

Et Danglars se met aussitôt à faire ce qu'il vient d'expliquer et, de la main gauche et d'une écriture renversée, il écrit les lignes suivantes qu'il passe à Fernand qui les lit à voix basse :

---

1. Procureur du roi : officier chargé des intérêts du roi et du public.
2. Agent bonapartiste : personne qui travaille dans l'intérêt du comité bonapartiste (de Napoléon Bonaparte).

« Monsieur le procureur du roi est prévenu, par un ami du trône, que le nommé Edmond Dantès, second du navire le *Pharaon*, a été chargé par Murat d'une lettre pour l'usurpateur[1], et, par l'usurpateur, d'une lettre pour le comité bonapartiste de Paris.

« On aura la preuve de son crime en l'arrêtant, car on trouvera cette lettre sur lui ou chez son père. »

Puis Danglars écrit l'adresse et dit :

– Et voilà, c'est simple.

– Oui, c'est simple, dit Caderousse qui, malgré son ivresse, comprend qu'il se passe quelque chose de grave ; mais c'est horrible et lâche.

Et il allonge le bras pour prendre la lettre.

– Aussi, dit Danglars en mettant la lettre hors de la portée de sa main, ce que je dis et ce que je fais, c'est pour plaisanter. Moi non plus je ne veux pas qu'il arrive quelque chose à ce bon Dantès. Aussi, tiens...

Il prend la lettre et en fait une boule qu'il jette dans un coin.

– Rentrons, dit Caderousse.

Danglars profite de l'occasion pour partir. Lorsqu'il a fait une vingtaine de pas avec Caderousse, il se retourne et voit Fernand prendre le papier et le mettre dans sa poche.

– Allons, allons, murmure Danglars, je vois que

1. Usurpateur : personne qui s'empare d'un pouvoir ; nom donné par les royalistes à Napoléon 1ᵉʳ.

mon plan va marcher. Dantès peut profiter de son bonheur, il n'en a plus pour longtemps.

* * *

Le lendemain, Dantès est arrêté pendant son repas de fiançailles et emprisonné dans l'horrible château d'If.

*D*ANTÈS EST ENFERMÉ dans un cachot[1] du château d'If depuis un an. Il ne cesse de crier son innocence, mais en vain. Il n'a plus qu'un désir, mourir, et décide de ne plus manger pour arriver à ses fins. Quand on lui apporte son repas du matin et du soir, il jette les aliments par la petite ouverture qui lui laisse apercevoir le ciel.

Mais un jour vient où il n'a plus la force de jeter le souper par la lucarne[2]. Le lendemain, il ne voit plus, entend à peine. Le geôlier[3] croit qu'il a une maladie grave : Edmond attend simplement la mort.

La journée se passe sans amélioration.

Tout à coup, le soir, vers neuf heures, le jeune homme entend un bruit sourd qui vient du mur contre lequel il est couché. Dantès se demande si ce bruit est réel ou si c'est le fruit de son imagination. Mais le bruit continue et dure à peu près trois heures puis Edmond entend une sorte d'éboulement[4], après quoi le bruit cesse.

Quelques heures après, il recommence et devient

1. Cachot : cellule obscure.
2. Lucarne : petite ouverture pratiquée dans un mur.
3. Geôlier : personne qui garde les prisonniers.
4. Éboulement : chute de pierres ou de terre.

plus fort et plus rapproché. Edmond s'intéresse à ce bruit qui lui tient compagnie ; tout à coup, le geôlier entre, pose sur la table le repas du prisonnier et se retire.

Libre alors, Edmond se remet à écouter avec joie.

Le bruit devient si distinct que, maintenant, le jeune homme l'entend sans efforts.

– Plus de doute, se dit-il à lui-même, puisque ce bruit continue, cela veut dire qu'un prisonnier travaille à sa fuite. Oh ! si j'étais près de lui, comme je l'aiderais !

Il tourne alors la tête vers la soupe chaude que le geôlier vient de lui apporter, se lève, avance à petit pas vers la table, prend la tasse et avale son contenu doucement. Bientôt il se sent mieux. Il peut penser plus clairement et il se dit :

– Je vais frapper au mur et essayer de connaître celui qui travaille ainsi.

Il frappe trois coups.

Dès le premier, le bruit cesse.

Edmond écoute attentivement. Une heure s'écoule, deux heures ; aucun bruit nouveau ne se fait entendre. La nuit se passe ainsi.

Trois jours s'écoulent.

Enfin, un soir, comme le geôlier vient de faire sa dernière visite, Dantès colle son oreille contre le mur, pour la centième fois. Il croit entendre un bruit de pierres qui tombent et il décide de venir en aide à celui qui creuse ainsi le mur. Mais il a besoin d'un outil. Alors il casse son assiette et demande au geôlier une casserole. Il peut alors l'utiliser pour creuser plus facilement.

Au bout de quatre jours de travail, il a commencé à retirer des pierres derrière son lit.

Un jour qu'il creuse avec énergie en disant tout haut son espoir de pouvoir atteindre son compagnon de malheur, une voix qui semble venir de dessous terre demande :

– Mais qui parle ainsi ?

Edmond sent ses cheveux se dresser sur sa tête, et il recule sur les genoux.

– Ah ! murmure-t-il, j'entends parler un homme. Je vous en prie, s'écrie-t-il, vous qui avez parlé, parlez encore ; qui êtes-vous ?

– Qui êtes-vous vous-même ? demande la voix.

– Un malheureux prisonnier, répond Dantès.

– Depuis combien de temps êtes-vous ici ?

– Depuis le 28 février 1815.

– De quoi vous accuse-t-on ?

– D'avoir conspiré pour favoriser le retour de l'Empereur.

– Comment ! pour le retour de l'Empereur ! L'Empereur n'est donc plus sur le trône ?

– Non, il a abdiqué[1] et a été envoyé sur l'île d'Elbe. Mais vous-même, depuis combien de temps êtes-vous ici ?

– Depuis 1811. Ne creusez plus et dites-moi à quelle hauteur se trouve le trou que vous avez fait.

– Au ras de terre, caché derrière mon lit.

---

1. Abdiquer : abandonner le pouvoir.

– Sur quoi donne votre chambre ?

– Sur un corridor[1].

– Et le corridor ?

– Aboutit à la cour.

– Hélas ! murmure la voix.

– Oh ! mon Dieu ! qu'y a-t-il donc ? demande Dantès.

– Il y a que je me suis trompé et que j'ai pris le mur que vous creusez pour celui de la citadelle !

– Dans ce cas, vous arriviez à la mer ?

– C'est ce que je voulais.

– Et si vous aviez réussi !

– Je me jetais à l'eau et je gagnais à la nage une des îles qui se trouvent près du château d'If. Mais, maintenant, tout est perdu.

– Tout ?

– Oui. Ne travaillez plus et attendez de mes nouvelles.

– Qui êtes-vous ? Dites-moi qui vous êtes ?

– Je suis… je suis… le n° 27.

– Ne me laissez pas seul, j'ai besoin de parler avec quelqu'un, je veux être votre ami, je vous en prie, ne m'abandonnez pas.

– C'est bien, dit le prisonnier, demain je vous dirai quelque chose.

Le lendemain, après la visite du matin, Dantès entend soudain la voix de son compagnon.

– Votre geôlier est-il parti ?

– Oui, répond Dantès, il ne reviendra que ce soir ;

---

1. Corridor : couloir, passage.

nous avons douze heures de liberté.

– Je peux donc agir ?

– Oh ! oui, oui, à l'instant même, je vous en supplie.

Aussitôt, la portion de terre sur laquelle Dantès appuie ses mains semble céder ; il se rejette en arrière tandis que de la terre et des pierres se précipitent dans un trou qui vient de s'ouvrir au-dessous de l'ouverture que lui-même a faite ; alors, au fond de ce trou sombre, il voit apparaître une tête, des épaules et enfin un homme tout entier qui entre bientôt dans la cellule.

Dantès prend dans ses bras ce nouvel ami. C'est un homme de petite taille, maigre et au visage marqué par la souffrance.

– Maintenant, voulez-vous me dire qui vous êtes ? demande Dantès.

L'homme sourit tristement.

– Je suis l'abbé Faria, dit-il.

– Vous vouliez donc vous échapper. Avez-vous toujours l'intention de le faire ?

– Non, je vois la fuite impossible.

L'abbé Faria va s'asseoir sur le lit. Edmond reste debout.

– Est-ce que vous travailliez à votre fuite depuis longtemps ?

– Depuis plusieurs mois, mais je faisais aussi d'autres choses, répond Faria. J'écrivais ou j'étudiais.

– On vous donne donc du papier, des plumes et de l'encre ! s'écrie Dantès.

– Non, dit l'abbé, mais je m'en fais.

– Vous vous faites du papier, des plumes et de l'encre ! s'écrie Dantès.

– Oui.

Dantès regarde cet homme avec admiration.

– Et comment faites-vous ?

– Je fais les plumes avec le cartilage[1] des têtes de merlans* que l'on nous sert quelquefois et de l'encre avec la suie[2] d'une cheminée qu'il y a dans mon cachot et qui a été bouchée. Je la fais dissoudre dans un peu de vin qu'on me donne tous les dimanches et j'obtiens ainsi une encre excellente.

– Et quand pourrai-je voir tout cela ? demande Dantès.

– Quand vous voudrez, répond Faria.

– Oh ! tout de suite ! s'écrie le jeune homme.

– Suivez-moi donc ! dit l'abbé.

Et il rentre dans le corridor souterrain où il disparaît. Dantès le suit.

À partir de ce jour, une grande amitié naît entre les deux hommes. Dantès découvre que le savoir de l'abbé Faria est illimité : il parle plusieurs langues, connaît les mathématiques, etc.

Dantès, ébloui, lui demande un jour de lui apprendre tout ce qu'il sait.

Le soir même, les deux prisonniers élaborent un plan d'éducation qu'ils commencent à exécuter le lendemain.

---

1. Cartilage : tissu résistant et élastique qui recouvre le squelette de certains poissons.
2. Suie : matière noire déposée par la fumée.

Tous les jours, les deux amis travaillent très dur. Dantès apprend vite et parle bientôt assez bien l'espagnol, l'anglais et l'allemand. Il prend goût à l'étude. Au bout d'un an, c'est un autre homme.

Deux autres années se passent de la sorte. Faria ne parle plus de fuir et Dantès, dans son malheur, est presque heureux grâce à l'abbé.

Un matin, quand Edmond entre dans la chambre de son ami, il aperçoit l'abbé au milieu de la pièce, pâle, la sueur au front et les mains crispées[1].

– Oh ! mon Dieu ! s'écrie-t-il, qu'y a-t-il ? Qu'avez-vous ?

– Vite, vite ! dit l'abbé, écoutez-moi.

– Mais qu'y a-t-il donc ?

– Je suis très malade et j'ai souvent des crises, dit l'abbé. À ce mal, il n'y a qu'un remède, je vais vous le dire : levez le pied de mon lit et prenez le petit flacon de cristal qui est caché dedans ; si je perds connaissance, desserrez-moi les dents avec un couteau et faites couler dans ma bouche huit à dix gouttes de cette liqueur, alors je serai peut-être sauvé. À moi ! à moi ! s'écrie l'abbé, je me..., je me...

La crise est si subite et si violente que le malheureux prisonnier ne peut finir sa phrase. Elle dilate[2] ses yeux et tord sa bouche. Faria tombe, se raidit et devient livide[3].

---

1. Mains crispées : mains fortement fermées.
2. Dilater : faire devenir plus grand.
3. Livide : très pâle.

Edmond lui donne alors les dix gouttes de liqueur rouge et attend.

Une heure passe sans aucun résultat. Dantès ne quitte pas son ami un seul instant. Enfin le visage de Faria reprend des couleurs et un faible soupir s'échappe de sa bouche. Il fait un mouvement.

– Sauvé ! sauvé ! s'écrie Dantès.

Mais il entend les pas du geôlier dans le corridor et il court vite dans sa cellule.

Peu après, sa porte s'ouvre et, comme d'habitude, le geôlier trouve Dantès assis sur son lit.

À peine a-t-il le dos tourné, à peine le bruit de ses pas s'est-il perdu dans le corridor que Dantès, fou d'inquiétude, retourne dans la chambre de l'abbé pour voir comment il va.

Il a repris connaissance mais il est toujours sans force sur son lit.

– Courage, vos forces reviendront, dit Dantès.

L'abbé secoue la tête.

– Non, non, dit-il. La dernière fois, la crise a duré une demi-heure. Quand je me suis réveillé, j'ai pu me relever ; aujourd'hui, je ne puis bouger ni ma jambe ni mon bras droit. La prochaine crise sera la dernière : je mourrai sur le coup.

– Non, non, ne dites pas cela, dit Dantès, tout ira bien, vous verrez, je ne vous abandonnerai pas.

– Je le sais, mon ami, dit l'abbé, mais je sais aussi que j'ai raison. Allez vous reposer. Demain, après la visite du geôlier, venez me voir, j'ai quelque chose d'important à vous dire.

Lorsque Dantès rentre le lendemain matin dans la chambre de son compagnon de captivité, il trouve Faria assis, le visage calme.

Il tient dans sa main gauche, la seule qu'il peut maintenant utiliser, un morceau de papier roulé comme un parchemin.

Il montre sans rien dire le papier à Dantès.

– Qu'est cela ? demande celui-ci.

– Ce papier, mon ami, dit Faria, c'est mon trésor. S'il m'arrive quelque chose et si vous sortez un jour de cette prison, il est à vous.

– Votre trésor ? demande Dantès.

– Oui. Écoutez-moi attentivement.

Et l'abbé raconte qu'il a été le secrétaire d'un homme important nommé Spada. Celui-ci était le neveu du cardinal Spada que le pape avait emprisonné pour s'emparer de ses biens. Mais sa fortune, qui était immense, n'avait jamais été retrouvée. Quand il est mort, son neveu avait hérité du seul bien qui lui restait : un bréviaire[1].

À la mort de Spada, l'abbé avait hérité du bréviaire. Un jour, le livre s'était échappé de ses mains et, dans la couverture abîmée, Faria avait découvert un plan. Ce plan indiquait l'endroit où le cardinal Spada avait caché son trésor pour le sauver des mains du pape. Il se trouvait apparemment dans une grotte[2] de la petite île de Monte-Cristo.

---

1. Bréviaire : livre de prières.
2. Grotte : grand trou creusé naturellement dans une roche.

– Ce trésor existe, mon enfant. Si je meurs et que vous parvenez à vous sauver, il vous appartient totalement.

– Mais, demande Dantès, ce trésor n'est donc à personne.

– Mais non, rassurez-vous, dit l'abbé Faria, la famille est complètement éteinte[1].

Dantès croit rêver.

– Nous nous échapperons ensemble et nous irons chercher ce trésor, dit-il à Faria.

L'abbé tend le bras au jeune homme qui se jette à son cou en pleurant.

Mais quelques semaines après, l'abbé a une nouvelle crise et meurt.

Les geôliers le mettent dans un sac de toile grossière et le laissent étendu sur son lit jusqu'au moment de l'enterrer.

Dès qu'ils sortent, Edmond se précipite dans la chambre de son ami pour le veiller.

Il est désespéré. Il est de nouveau seul. L'idée de se tuer s'empare de lui mais il lutte aussitôt contre elle.

– Mourir ! oh ! non, s'écrie-t-il. Ce n'est pas la peine d'avoir tant vécu, d'avoir tant souffert pour mourir maintenant ! Non, je veux vivre, je veux reconquérir ce bonheur qu'on m'a enlevé ! et je veux savoir qui m'a fait enfermer et le punir. Mais comment faire pour sortir d'ici ? Je ne sortirai de cette prison que comme Faria.

---

1. Famille qui s'est éteinte : famille dont il ne reste plus aucun membre.

Mais, à ces mots, Edmond reste immobile, les yeux fixes. Il vient d'avoir une idée. Il hésite puis se penche vers le sac où est le corps de son ami, l'ouvre, retire le cadavre du sac, le transporte chez lui ; puis il le couvre de sa couverture, embrasse une dernière fois son front glacé, lui tourne la tête vers le mur pour que le geôlier pense qu'il est en train de dormir puis il revient dans l'autre cellule. Là, il se glisse dans le sac, se place dans la situation où était le cadavre et referme l'ouverture.

Il doit se calmer maintenant et attendre qu'on vienne le chercher. Voilà ce qu'il compte faire :

Quand on l'aura déposé dans une tombe du cimetière et couvert de terre, comme tout se passe la nuit, il pourra s'ouvrir un passage à travers la terre molle et s'enfuir.

La nuit tombe. Il entend des pas. On vient chercher le cadavre.

Deux hommes entrent dans la pièce, s'approchent du lit et saisissent le sac par ses deux extrémités.

– As-tu fait ton nœud ? demande l'un des deux hommes.

– Non, je le ferai là-bas, répond l'autre.

– Pourquoi ce nœud ? se demande Dantès.

On place le prétendu cadavre sur une civière[1]. Les porteurs sortent et montent un escalier. Tout à coup, Edmond sent l'air frais de la mer. Ils sont enfin sortis. Les hommes font une vingtaine de pas et déposent la civière sur le sol.

---

1. Civière : appareil sur lequel on transporte les malades.

– Où suis-je donc ? se demande Edmond.

À ce moment, il entend déposer près de lui un objet lourd et il sent une corde entourer ses pieds.

– Eh bien, le nœud est-il fait ? demande l'un des hommes.

– Très bien fait, dit l'autre, crois-moi.

– Alors, en route.

Ils reprennent la civière et marchent un moment.

Edmond entend le bruit de la mer contre les rochers. Soudain, les hommes s'arrêtent.

– Nous y voilà, dit l'un d'eux. Allons-y. Une, deux et trois !

En même temps, Edmond se sent lancé dans un vide énorme et traverse l'air comme un oiseau blessé. Puis il tombe, tombe et entre comme une flèche dans une eau glacée.

Il vient d'être lancé dans la mer au fond de laquelle l'entraîne un boulet de dix-huit kilos.

La mer est le cimetière du château d'If.

* * *

Dantès parvient ainsi à se sauver de l'horrible château d'If.

Après plusieurs péripéties, il trouve enfin la grotte de l'île de Monte-Cristo et la fortune des Spada.

Il se renseigne sur son passé. Il apprend que son père est mort et découvre le nom des hommes qui l'ont trahi. Il apprend également que Mercédès est mariée avec Fernand, qui est maintenant comte de

Morcerf, et qu'elle a un fils, Albert. Ils vivent à Paris où vit aussi Danglars.

Grâce à sa nouvelle fortune, il transforme la grotte de Monte-Cristo en une demeure luxueuse, voyage énormément, se fait appeler le comte de Monte-Cristo puis va s'installer à Paris pour y accomplir sa vengeance.

*L*E JOUR DE SON ARRIVÉE À PARIS, le comte de Monte-Cristo est invité à déjeuner chez Albert de Morcerf, le fils de Mercédès, qu'il a connu au cours d'un voyage en Italie et qu'il a sauvé des mains de bandits.

Après le repas, Albert fait visiter son appartement à Monte-Cristo. Celui-ci admire le salon, plein d'objets d'art, d'étoffes[1] et de tapis d'Orient. Du salon, on passe dans la chambre à coucher, une pièce à la fois élégante et au goût sévère. Là, un seul portrait resplendit dans un cadre d'or. Ce portrait attire le regard du comte, car il fait trois pas rapides dans la chambre et s'arrête tout à coup devant lui.

C'est celui d'une jeune femme de vingt-cinq à vingt-six ans, d'une grande beauté, qui porte le costume des femmes de pêcheurs catalans.

Monte-Cristo, très pâle, contemple en silence cette peinture.

Puis, d'une voix calme, il dit à Albert :

– Vous avez là une belle fiancée, vicomte.

– Oh ! vous faites erreur, répond Albert. Il s'agit de ma mère. Elle s'est fait peindre ainsi il y a cinq ou six

1. Étoffe : tissu.

ans. Elle a fait faire ce portrait pour mon père mais, chose bizarre, mon père s'est mis en colère quand il l'a vu et ma mère me l'a offert. Mais il est temps de vous présenter à mes parents qui ont hâte de vous connaître pour vous remercier de ce que vous avez fait pour moi en Italie.

Ils quittent alors l'appartement d'Albert et se rendent chez le comte de Morcerf.

Dans le salon, où un serviteur les fait entrer, il y a aussi un portrait : c'est celui d'un homme de trente-cinq à trente-huit ans, vêtu d'un uniforme d'officier-général, portant toutes sortes de décorations. Le comte de Morcerf, qui a fait les guerres de Grèce et d'Espagne, est maintenant pair de France[1]. Monte-Cristo est occupé à observer ce portrait lorsqu'une porte latérale s'ouvre et qu'il se trouve en face du comte de Morcerf lui-même.

C'est un homme de quarante-cinq ans, vêtu comme un bourgeois et qui porte à la boutonnière[2] différents rubans qui rappellent les décorations qu'il a reçues.

– Mon père, dit Albert, j'ai l'honneur de vous présenter M. le comte de Monte-Cristo, ce généreux ami que j'ai eu le bonheur de rencontrer dans les circonstances difficiles que vous connaissez.

– Monsieur, vous êtes le bienvenu parmi nous, dit le comte de Morcerf en saluant Monte-Cristo. Je vous remercie de tout cœur de ce que vous avez fait pour

---

1. Pair de France : membre de la Haute Assemblée législative.
2. Boutonnière : petite ouverture étroite faite à un vêtement pour y passer un bouton.

nous en sauvant notre fils des mains de bandits italiens. Mais, je vous en prie, asseyez-vous.

– Ah ! voici ma mère, s'écrie le vicomte.

En effet, Monte-Cristo, en se retournant vivement, voit Mme de Morcerf à l'entrée du salon. Immobile et pâle, elle laisse, lorsque Monte-Cristo se retourne de son côté, tomber sa main qui tient la poignée de la porte.

Monte-Cristo salue profondément la comtesse qui s'incline à son tour.

– Eh, mon Dieu, madame, demande le comte, qu'avez-vous donc ? Est-ce la chaleur de ce salon qui vous fait mal ?

– Souffrez-vous, ma mère ? s'écrie le vicomte en s'élançant au-devant de Mercédès.

Elle les remercie tous les deux avec un sourire.

– Non, dit-elle, mais j'ai éprouvé quelque émotion en voyant pour la première fois celui qui, sans hésiter, a sauvé la vie de mon fils. Monsieur, je vous prie de croire en mon éternelle reconnaissance pour cet acte merveilleux.

Le comte s'incline encore, mais plus profondément que la première fois. Il est plus pâle encore que Mercédès.

– Monsieur, dit Mercédès au comte, nous ferez-vous l'immense joie de passer le reste de la journée avec nous ?

– Merci, madame, et vous me voyez bien reconnaissant de votre offre, mais je viens juste d'arriver à Paris et j'ai encore beaucoup à faire pour mon installation.

– Nous aurons ce plaisir une autre fois, au moins ? demande la comtesse.

Monte-Cristo s'incline sans répondre mais le geste peut passer pour un accord. Puis il quitte la famille Morcerf.

* * *

Monte-Cristo habite une maison située sur les Champs-Élysées. Il est servi par plusieurs serviteurs et en particulier, par le fidèle Ali, un homme qu'il a sauvé de la mort durant l'un de ses voyages.

Le lendemain de son arrivée à Paris, à cinq heures de l'après-midi, le comte de Monte-Cristo demande à Ali de faire préparer sa voiture pour le conduire chez le banquier Danglars.

Danglars préside une réunion lorsqu'on vient lui annoncer la visite du comte de Monte-Cristo.

En entendant le nom du comte, il se lève.

– Messieurs, dit-il, pardonnez-moi si je vous quitte ainsi ; mais imaginez que la maison Thomson et French, de Rome, m'adresse un certain comte de Monte-Cristo, en lui ouvrant chez moi un crédit illimité. Ce doit être une plaisanterie. Cependant, la curiosité m'a piqué et, ce matin, je suis passé chez lui pour faire sa connaissance, mais il était sorti. Sa maison aux Champs-Élysées, qui est à lui, je me suis informé, m'a paru fort convenable. J'ai hâte de voir notre homme.

Sur ce, Danglars quitte la pièce et passe dans le salon où l'attend son visiteur.

Danglars salue le comte de la tête et lui fait signe de s'asseoir.

– Monsieur le comte, dit-il, j'ai reçu une lettre de la maison Thomson et French et, pour tout vous dire, il me semble que je n'en ai pas bien compris le sens ; c'est d'ailleurs pourquoi je suis passé chez vous ce matin, pour vous demander quelques explications.

– Que voulez-vous savoir, monsieur ?

– Cette lettre ouvre à monsieur le comte de Monte-Cristo un crédit illimité sur ma maison.

– Eh bien ! monsieur le baron, que voyez-vous d'obscur là-dedans ?

– Rien, monsieur, seulement le mot *illimité*...

– Que trouvez-vous d'étrange à ce mot ? Je crois qu'il est parfaitement clair. En vous écoutant, monsieur, j'ai comme l'impression que vous n'êtes pas disposé à satisfaire ma demande.

– Il ne s'agit pas de cela, monsieur, dit Danglars. La seule chose que je désire c'est que vous fixiez vous-même la somme que vous comptez toucher chez moi.

– Mais, monsieur, dit Monte-Cristo, si j'ai demandé un crédit illimité, c'est que je ne sais justement pas de quelles sommes je vais avoir besoin.

– Oh, monsieur, dit Danglars, vous pouvez demander un million, je n'hésiterai pas à vous satisfaire.

– Un million ? répond Monte-Cristo, et que ferai-je d'un million ? Mais j'ai toujours un million dans mon portefeuille. Monsieur Danglars, si tout cela présente un problème pour vous, ne vous inquiétez pas. J'ai deux autres lettres de la maison Thomson et French, j'irai trouver un autre banquier.

Danglars devient pâle.

– Je crois, dit-il, qu'il n'est pas nécessaire d'aller trouver quelqu'un d'autre et que nous pourrons nous entendre.

– Parfait. Alors, fixons, si vous le voulez bien, une somme générale pour la première année, six millions par exemple.

– Six millions, dit Danglars d'une petite voix, très bien, monsieur.

– S'il me faut plus, reprend Monte-Cristo, nous mettrons plus, nous verrons... Veuillez, pour commencer, me faire porter cinq cent mille francs demain.

– L'argent sera chez vous demain à dix heures, monsieur, répond Danglars. Voulez-vous de l'or, des billets de banque, ou de l'argent ?

– Or et billets par moitié, s'il vous plaît.

Et le comte se lève et quitte la pièce.

* * *

Le comte de Monte-Cristo s'introduit dans la haute société parisienne. Il se rend souvent au théâtre en compagnie d'une belle jeune femme. Cette jeune femme est grecque et se nomme Haydée. Elle habite chez le comte, son protecteur, dans un appartement isolé, composé d'un salon et de deux pièces et meublé à la manière orientale.

Ce matin-là, le comte va rendre une visite à

Haydée. Quand il entre dans son appartement, il la trouve couchée sur des coussins, adoptant la pose naturelle des femmes d'Orient.

– Haydée, dit-il, ma douce enfant, je viens te voir aujourd'hui pour te rappeler que maintenant nous sommes en France et que, par conséquent, tu es libre de sortir à ton gré, de faire ce que tu veux.

– Et que veux tu que je fasse ?

– Tu peux me quitter.

– Te quitter !... et pourquoi te quitterais-je ?

– Pour connaître le monde.

– Je ne veux voir personne.

– Mais tu pourrais rencontrer un beau jeune homme et...

– Je n'ai jamais trouvé d'hommes plus beaux que toi, et je n'ai jamais aimé que mon père et toi.

– Pauvre enfant, dit Monte-Cristo, c'est que tu n'as pas eu la possibilité de parler avec d'autres hommes que ton père et moi.

– Eh bien ! ai-je besoin de parler à d'autres ? Mon père m'appelait *sa joie* et toi, tu m'appelles *ton amour*, n'est-ce pas suffisant ?

– Tu te souviens de ton père, Haydée ?

La jeune fille sourit.

– Il est là et là, dit-elle en mettant la main sur ses yeux et sur son cœur.

– Et moi, où suis-je ? demande en souriant Monte-Cristo.

– Toi, dit-elle, tu es partout.

– Maintenant, Haydée, lui dit-il, tu sais que tu es

libre : tu peux quitter ton costume oriental, vivre à ta fantaisie, sortir et aller où bon te semble. Ali te servira et sera à tes ordres. Je te demande une seule chose, je te prie.

– Dis.

– Garde le secret de ta naissance, ne dis pas un mot de ton passé : ne prononce en aucune occasion le nom de ton illustre père, ni celui de ta pauvre mère.

– Je te l'ai dit, seigneur, je ne verrai personne.

– Écoute, Haydée, sors et apprends la vie de nos pays du Nord, comme tu l'as fait quand on était en Italie. Cela te servira toujours, que tu continues à vivre ici ou que tu retournes en Orient.

La jeune fille lève sur le comte ses grands yeux humides de larmes et répond :

– Ou que nous retournions en Orient, c'est bien cela, mon seigneur ?

– Oui, ma fille, dit Monte-Cristo ; tu sais bien que ce n'est jamais moi qui te quitterai. Ce n'est point l'arbre qui quitte la fleur, c'est la fleur qui quitte l'arbre.

– Je ne te quitterai jamais, seigneur, dit Haydée, car je suis sûre que je ne pourrai pas vivre sans toi.

***

Les mois passent ainsi.

Un matin, le vicomte de Morcerf, qui fréquente assidûment le comte, vient le trouver. Il est très pâle et semble nerveux.

– Que vous arrive-t-il ? lui demande Monte-Cristo.

– Je veux me battre.

– Avec qui ?

– Avec Beauchamp.

– Le journaliste ? Mais c'est un de vos meilleurs amis ? Vous avez sans doute une bonne raison ?

– Oui, lisez ce texte paru dans son journal d'hier soir...

Albert tend à Monte-Cristo un journal ou il lit ces mots :

« On nous écrit de Janina :

« Un fait jusqu'alors ignoré est parvenu à notre connaissance ; les châteaux qui défendaient la ville ont été livrés aux Turcs par un officier français dans lequel Ali-Tebelin avait mis toute sa confiance, et qui s'appelait Fernand. »

– Eh bien ! demande Monte-Cristo, que voyez-vous là-dedans qui vous choque ?

– Le fait que mon père servait Ali-Pacha et qu'il s'appelle Fernand, et qu'on semble l'accuser.

– Personne ne sait que votre père s'appelle Fernand et, de plus, on a oublié que Janina a été prise, cela s'est passé il y a longtemps. Calmez-vous, cela n'est pas bien grave et le mieux à faire est de ne pas donner d'importance à cette histoire.

Albert finit par accepter ce que dit Monte-Cristo et ne se bat pas avec Beauchamp. Très vite, il reconnaît que Monte-Cristo lui a donné un bon conseil car le temps passe et personne ne semble avoir associé le nom de Fernand avec celui de son père. D'autre part,

Beauchamp est devenu introuvable et l'on raconte qu'il est parti à l'étranger.

Quinze jours plus tard, Albert est réveillé un matin par son valet de chambre qui lui annonce la visite de Beauchamp.

Albert s'habille rapidement et va au salon où il trouve Beauchamp qui se promène de long en large ; en l'apercevant, Beauchamp s'arrête.

– Albert, dit Beauchamp, j'arrive de Janina.

– De Janina, vous ?

– Oui, moi. Je voulais vérifier cette nouvelle que j'avais publiée dans le journal et m'excuser auprès de vous si tout avait été une erreur ; mais hélas !...

– Mais quoi ?

– Le journal avait raison, mon ami.

– Comment ! cet officier français... Ce Fernand... ce traître qui a livré les châteaux de l'homme au service duquel il était...

– Pardonnez-moi de vous dire ce que je vous dis, mon ami : cet homme, c'est votre père ! Tenez, ajoute-t-il en tirant un papier de sa poche, voici la preuve.

Albert prend le papier : c'est une attestation de quatre habitants importants de Janina, constatant que le colonel Fernand Mondego, au service d'Ali-Tebelin, a livré le château de Janina en échange d'une forte somme d'argent.

Albert tombe dans un fauteuil.

– Et que va-t-il se passer, maintenant ? dit-il.

– Je l'ignore, mon ami, ne perdez pas courage.

Le scandale ne tarde pas à éclater. Un homme arrive un jour de Janina avec un énorme dossier sur l'affaire et fait publier dans un journal le nom du traître : « Monsieur le comte de Morcerf, pair de France. »

Le comte va être jugé.

Le jour du jugement arrive.

À huit heures précises du soir, le comte de Morcerf fait son entrée dans la salle. Il semble calme.

Un huissier[1] entre et remet une lettre au président.

– Vous avez la parole, monsieur de Morcerf, dit le président en ouvrant la lettre.

Le comte veut montrer sa bonne foi. Il produit des pièces qui prouvent que le vizir de Janina l'avait, jusqu'à la dernière heure, honoré de sa confiance. Il ajoute que sa confiance était telle qu'au moment de mourir, il lui avait confié sa femme et sa fille mais que Vasiliki et sa fille Haydée avaient malheureusement disparu et qu'il n'avait rien pu faire pour elles.

– Vous les connaissiez ? demande le président.

– Je les avais vues une vingtaine de fois, au moins.

– Savez-vous ce qu'elles sont devenues ?

– J'ai entendu dire qu'elles sont mortes de chagrin.

– Je crois que le moment est venu d'entendre un témoin d'une grande importance, dit le président. Je viens de recevoir une lettre. D'après elle, une personne peut nous dire exactement ce qui s'est passé à Janina. Huissier, faites entrer le témoin !

---

1. Huissier : personne qui a pour métier d'accueillir et d'introduire les visiteurs dans un ministère, une administration...

Une femme, enveloppée d'un grand voile qui la cache toute entière, entre bientôt dans la salle. Le président lui demande d'écarter son voile et l'on peut voir qu'il s'agit d'Haydée, la protégée du comte de Monte-Cristo.

– Madame, pouvez-vous nous renseigner sur l'affaire de Janina ?

– Je le puis, monsieur, car ces événements ont été très importants pour moi, même si à l'époque je n'avais que quatre ans. Je m'appelle Haydée et je suis la fille d'Ali-Tebelin, pacha de Janina, et de Vasiliki, sa femme. Voici les preuves de mon identité, dit-elle en donnant son acte de naissance au président, et voici l'acte de vente qui a été fait sur ma personne et celle de ma mère. L'officier français Fernand Mondego nous a en effet vendues comme esclaves à un marchand arménien. Ma mère est morte de chagrin et moi, j'ai été rachetée à l'âge de onze ans au marchand d'esclaves par le comte de Monte-Cristo, qui m'a fait retrouver goût à la vie et m'a redonné ma liberté. Voici l'acte du rachat.

En entendant tout cela, le comte de Morcerf devient d'une pâleur extrême. Les preuves de son infamie sont dans les mains du président ; tout est fini pour lui. Cependant, le président demande à Haydée :

– Madame, reconnaissez-vous M. de Morcerf comme étant la même personne que l'officier Fernand Mondego ?

– Si je le reconnais ! s'écrie Haydée. Oh ! ma mère ! Tu m'as dit : tu étais libre, tu avais un père que tu

aimais, tu étais presque destinée à être une reine !
Regarde bien cet homme, c'est lui qui t'a faite esclave.
Regarde bien sa main droite, celle qui porte une large
cicatrice ; si tu oubliais son visage, tu le reconnaîtrais
à cette main dans laquelle sont tombées une à une les
pièces d'or du marchand d'esclaves.

Tout est dit. Fernand finit par avouer.

Après ce scandale, Fernand se tire une balle dans la tête. Mercédès et Albert donnent leur fortune aux pauvres et quittent à jamais Paris, pour essayer d'oublier le passé et de commencer une nouvelle vie.

Monte-Cristo va aussi bientôt quitter Paris. Une partie de sa vengeance s'est accomplie et il veut en finir et quitter la France.

Quinze jours après ces événements, il se présente donc chez Danglars. Ce dernier a récemment perdu beaucoup d'argent et est au bord de la ruine.

Il a, de sa fenêtre, aperçu la voiture du comte entrant dans la cour et il va l'accueillir.

– Quand vous êtes arrivé, dit-il à Monte-Cristo, j'étais en train de faire cinq petits bons ; j'en ai déjà signé deux ; me permettez-vous de faire les trois autres.

Il y a un instant de silence pendant lequel Danglars termine son travail.

– Des bons d'Espagne, dit Monte-Cristo, des bons de Naples ?

– Non, dit Danglars, des bons au porteur sur la banque de France. Chacun de ces papiers vaut un million. Tenez, monsieur le comte, vous qui êtes l'empereur de la finance, comme j'en suis le roi, avez-vous vu beaucoup de papier de cette grandeur-là valoir chacun un million ?

Monte-Cristo prend dans sa main les cinq papiers que lui présente Danglars et lit :

« Plaise à M. le régent de la banque de faire payer à mon ordre, et sur les fonds déposés par moi, la somme d'un million.   Baron Danglars »

– Un, deux, trois, quatre, cinq, fait Monte-Cristo ! Impressionnant. Et cette somme est payée comptant ?

– En effet. Vous en doutez ?

– Absolument pas, répond Monte-Cristo en pliant les cinq papiers ; d'ailleurs je vais en faire moi-même l'expérience. Mon crédit chez vous est de six millions, j'en ai déjà pris un, je peux donc encore prendre cinq millions. Je garde donc ces papiers et voici un reçu de six millions qui régularise notre compte. Je l'ai préparé à l'avance, car il faut vous dire que j'ai fort besoin d'argent aujourd'hui.

Et, d'une main, Monte-Cristo met les cinq papiers dans sa poche, tandis que de l'autre il tend au banquier le reçu suivant :

« Reçu de M. le baron Danglars la somme de six millions, dont il se remboursera sur la maison Thomson et French de Rome. »

En entendant cela, Danglars devient livide.

– Quoi ! dit-il, quoi ! monsieur le comte, vous prenez cet argent ? Mais, pardon, pardon, c'est de l'argent que je dois aux hospices[1] et que j'avais promis de payer demain.

– Ah ! dit Monte-Cristo, c'est différent. Je ne tiens pas particulièrement à ces cinq billets, payez-moi en autres valeurs.

Danglars est très pâle. Il ne sait plus que faire : entre les hospices et Monte-Cristo, il court vraiment à la

1. Hospices : établissements qui accueillaient des orphelins...

ruine. Il va prendre les papiers que le comte lui tend mais se ravise[1].

– Au fait, dit-il, votre reçu, c'est de l'argent.

– Oh ! mon Dieu, oui ! et si vous étiez à Rome, sur mon reçu, la maison Thomson et French vous paierait immédiatement.

– Pardon, monsieur le comte, pardon !

– Je puis donc garder cet argent ?

– Oui, dit Danglars en essuyant la sueur de son front, gardez, gardez.

– Parfait, dit Monte-Cristo. Eh bien, je vous quitte.

Après son départ, Danglars reste un moment pensif. Puis il se lève, va vider tous les tiroirs de sa caisse, prend son passeport et murmure :

– Vous pouvez toujours venir chercher l'argent des hospices, je ne vous attendrai pas... demain, je serai loin.

* * *

Quatre jours après, Danglars arrive à Rome. Là, il se présente aussitôt chez les banquiers Thomson et French et, grâce au reçu de Monte-Cristo, il est de nouveau riche.

Puis il va se reposer dans un hôtel. Cette nuit, il partira à Venise pour visiter la ville puis il ira en Autriche où il compte s'installer.

À neuf heures du soir, comme prévu, une voiture vient le chercher et il commence son voyage.

---

1. Se raviser : changer d'avis.

Il vient de quitter Rome et la voiture roule tranquillement dans la campagne.

Tout à coup, elle s'arrête et Danglars entend des hommes parler au conducteur. Il jette un coup d'œil par la portière pour voir ce qui se passe. Mais la voiture se remet aussitôt en marche vers une autre direction.

Danglars voit un homme enveloppé d'un manteau qui galope à côté de la portière.

– Où m'emmenez-vous ? demande-t-il.

Mais l'homme ne lui répond pas.

Danglars tourne la tête vers l'autre portière et remarque un autre homme.

Il repense à Albert de Morcerf et à son aventure en Italie.

– Mon Dieu, se dit-il, je viens d'être enlevé par des bandits. Que va-t-il m'arriver ?

Bientôt la voiture s'arrête et on fait descendre le banquier. À la clarté de la lune, il s'aperçoit qu'il est à l'entrée d'une grotte.

On lui bande les yeux et on le fait marcher un long moment. Quand on lui retire son bandeau, il se trouve devant une cellule où on le jette sans ménagement[1]. Puis on ferme la porte à clé.

Danglars est prisonnier. Il observe la cellule. Il n'y a qu'un lit. Il s'étend sur le lit et se met à réfléchir. Il se dit que les bandits le libèreront dès qu'il aura payé sa rançon[2]. Il a de quoi payer... alors il se tranquillise et finit par s'endormir.

---

1. Sans ménagement : brutalement.
2. Rançon : prix que l'on exige pour libérer une personne.

Quand il se réveille, il est seul. Il entend au loin les voix des bandits mais personne ne vient le voir. Il reste ainsi seul jusqu'à midi.

Alors un homme vient s'installer à côté de sa cellule et ouvre une casserole d'où s'échappe une appétissante odeur d'oignons frits. L'homme se met à manger.

Danglars se rappelle alors qu'il n'a pas mangé depuis la veille. Il a faim.

Il se lève et dit à l'homme :

– Dites donc, l'ami, je crois qu'il est temps de m'apporter quelque chose à manger, non ?

L'homme appelle alors un autre gardien qui arrive aussitôt et Danglars lui pose la même question.

– Vous avez faim ? demande l'autre bandit en français.

– Oui, répond Danglars et même assez faim.

– Et vous voulez sans doute manger ?

– À l'instant même, si c'est possible, répond Danglars.

– Rien de plus facile, dit le bandit. Ici, on a ce que l'on désire, en payant, bien entendu.

– Naturellement ! s'écrie Danglars.

– Alors, que désirez-vous ?

– Eh bien, un poulet, un poisson, n'importe quoi, pourvu que je mange.

– Alors, un poulet, cela vous va ?

– Oui, un poulet.

D'une voix forte, le bandit passe alors la commande de Danglars. Peu après, on voit un jeune homme apparaître portant sur un plateau d'argent un magnifique poulet rôti.

– On se croirait au café de Paris, murmure Danglars.

– Voilà, monsieur, dit le premier bandit en prenant le plateau des mains du jeune homme. Vous me devez cent mille francs.

En entendant cela, Danglars ouvre des yeux énormes.

– Ah, très drôle, très drôle, murmure-t-il, croyant à une plaisanterie.

– Alors, nous sommes d'accord.

– Quoi ! s'écrie Danglars, vous ne riez pas ?

– Nous ne rions jamais, monsieur.

– Allons, allons, dit Danglars, tout cela est très divertissant, mais cela suffit. Donnez-moi ce poulet et je vous donne cent francs.

– Ce n'est pas possible, monsieur, je regrette, dit le bandit.

Et il redonne le plateau au jeune homme et lui fait signe de partir.

Danglars va de nouveau s'étendre sur son lit et reste ainsi quelques heures.

Il finit par se lever et demande au bandit qui est toujours près de la cellule.

– Voyons, monsieur, dites-moi ce que l'on veut de moi ?

– Mais, monsieur, dites plutôt ce que vous voulez de nous... Donnez vos ordres et nous les exécuterons.

– Je veux..., dit Danglars, je veux manger.

– Vous avez faim ?

– Vous le savez bien. Je veux un morceau de pain sec.

– Très bien, monsieur, ce sera cent mille francs.

– Comment, un pain cent mille francs, le même prix qu'un poulet.

– Nous ne servons pas à la carte, mais à prix fixe. Qu'on mange peu, qu'on mange beaucoup, qu'on mange dix plats ou un seul, c'est toujours le même chiffre.

– Encore cette plaisanterie ! Mon cher ami, je vous déclare que c'est absurde, que c'est stupide ! Dites tout de suite que vous voulez que je meure de faim, ce sera plus vite fait.

– Mais non, monsieur, c'est vous qui voulez vous suicider. Payez et mangez.

– Avec quoi, animal, dit Danglars.

– Vous avez six millions de francs, monsieur, vous pouvez donc vous nourrir.

Danglars frissonne, il comprend tout et a peur.

Il finit par payer le poulet.

Le lendemain, il en redemande un autre qu'il mange avec avidité[1]. Mais il meurt de soif et demande de l'eau.

– La bouteille vaut vingt-cinq mille francs, répond le bandit.

– J'ai l'impression que vous voulez me laisser sans le sou, dit Danglars.

---

1. Avec avidité : avec un grand appétit.

– C'est sans doute le projet du maître.

– Le maître, qui est-il donc ?

– Je ne peux pas vous répondre, mais il viendra sûrement vous voir.

– Mais que veut-il ? Que je meure de faim, que je sois ruiné ?

– Je ne sais pas, monsieur.

Il vit ainsi pendant douze jours et se rend compte qu'il a dépensé cinq millions de francs. Il devient alors à moitié fou et demande aux bandits de parler avec leur chef.

– Vous souffrez ? lui demande l'un des hommes.

– Oui, beaucoup, répond Danglars.

– C'est bon. Je crois que notre chef voudra bien vous parler.

– Vous vous repentez[1], au moins, s'écrie soudain une voix forte et solennelle qui fait se dresser les cheveux sur la tête de Danglars.

– De quoi faut-il que je me repente ? balbutie Danglars.

– Du mal que vous avez fait, dit la même voix.

– Oui, oui, je me repens, dit Danglars.

Et un homme apparaît devant Danglars.

– Le comte de Monte-cristo ! dit Danglars pâle de terreur.

– Vous vous trompez, je ne suis pas le comte de Monte-Cristo.

– Mais qui êtes-vous donc ?

---

1. Se repentir : penser qu'on a mal agi et désirer changer d'attitude.

– Je suis celui que vous avez vendu, livré, déshonoré : je suis celui sur lequel vous avez marché pour faire fortune ; je suis celui que vous avez fait mourir de faim et de tristesse et qui vous pardonne parce qu'il a besoin lui-même d'être pardonné. Je suis Edmond Dantès !

Danglars ne pousse qu'un cri et tombe à genoux.

– Relevez-vous, dit le comte, vous avez la vie sauve ; pareille chance n'est pas arrivée à votre complice. Gardez le million qui reste. Une main inconnue remettra aux hospices les cinq autres que vous avez volés.

Le comte part.

Le lendemain, les bandits bandent les yeux de Danglars, le font monter dans une voiture et l'abandonnent sur la route.

Il est près d'une rivière. Il a très soif et se penche pour boire. Il s'aperçoit alors que ses cheveux sont devenus complètement blancs.

* * *

Monte-Cristo est retourné dans son palais de l'île de Monte-Cristo où l'attend Haydée.

– Ma fille, lui dit-il, demain tu seras libre et tu reprendras ta place dans le monde. Je te rends tes richesses et le nom de ton père.

Haydée pâlit et d'une voix pleine de larmes elle demande :

– Ainsi, mon seigneur, tu me quittes ?

– Haydée ! Haydée ! tu es jeune, tu es belle ; oublie jusqu'à mon nom et sois heureuse.

– C'est bien, dit Haydée, d'une voix déchirante, tes ordres seront exécutés. Tu es le maître, je suis ton esclave, tu as le droit de ne rien voir.

Le comte frissonne en entendant parler Haydée. Son cœur bat plus vite. Ses yeux rencontrent ceux de la jeune fille et ne peuvent en supporter l'éclat.

– Que veux-tu dire, Haydée ? Serais-tu heureuse de ne pas me quitter

– Je suis jeune, répond-elle doucement, j'aime la vie que tu m'as donnée, et je regretterai de mourir.

– Cela veut dire que si je te quitte, Haydée...

– Je mourrai, monsieur, oui !

– Mais tu m'aimes donc ?

Le comte sent sa poitrine s'élargir et son cœur se dilater ; il ouvre ses bras, Haydée s'y jette en poussant un cri.

– Oh ! oui, je t'aime ! dit-elle, je t'aime comme on aime son père, son frère, son mari ! Je t'aime comme on aime la vie, car tu es pour moi le plus beau, le meilleur et le plus grand des êtres humains !

– Alors, partons ensemble, Haydée, et soyons enfin heureux. Ce mot de toi me fait oublier des années de malheur. Grâce à toi, je puis enfin être heureux.

La haine a disparu du cœur d'Edmond Dantès et a laissé la place à l'amour et à la tendresse.

Main dans la main, Haydée et Monte-Cristo quittent la grotte merveilleuse et se dirigent vers le bateau qui les emmènera loin de toute souffrance et leur fera connaître le bonheur absolu.

La mer et la navigation

Armateur : personne qui possède des navires pour le commerce.

Barque : petit bateau qu'on fait avancer avec des rames.

Bateau : construction qui permet de circuler sur l'eau.

Bord : désigne chaque côté du navire ou même l'ensemble.

Câble : grosse corde tressée pour retenir le bateau au port.

Capitaine : chef d'un bateau.

Commandant : officier qui commande un navire. (Ici, officier responsable du port.)

Équipage : ensemble des marins d'un navire.

Île : morceau de terre totalement entouré d'eau.

Manœuvre : mouvement du navire dirigé par le capitaine.

Manœuvrer : effectuer les manœuvres sur le bateau.

Marin : personne qui navigue dans le bateau.

Merlan : poisson à la chair légère et fine.

Mouillage : action de mettre un bateau à l'eau ou de l'attacher dans le port.

Mouillé : quand le bateau est attaché, on dit qu'il est mouillé.

Navire : grand bateau construit pour transporter des hommes et des marchandises.

Pêcheur : personne dont le métier est de prendre des poissons.

Pilote : marin autorisé à aider le capitaine pendant la conduite du bateau.

Port : abri au bord de la mer pour recevoir les bateaux.

Prendre la mer : naviguer.

Second : personne qui aide le capitaine.

Trois-mâts : bateau possédant trois mâts (poteaux) où sont accrochées les voiles.

Vigie : personne chargée de surveiller la mer depuis un endroit élevé pour annoncer l'arrivée des bateaux...

Première partie

1. Qu'est-il arrivé au capitaine Leclère pendant le voyage du *Pharaon* ?

2. Pourquoi Dantès s'est-il arrêté à l'île d'Elbe ?

3. Pourquoi Dantès refuse-t-il d'aller dîner chez M. Morrel ?

4. Qu'est-ce que Dantès va faire pendant le congé que lui accorde M. Morrel ?

5. Qui M. Morrel veut-il nommer capitaine du *Pharaon* ?

6. Est-ce que tout le monde est d'accord avec ce choix ?

7. Pour quelle raison Fernand veut-il se débarrasser de Dantès ?

8. Qu'est-ce que Danglars lui propose de faire pour obtenir ce qu'il désire ?

Deuxième partie

1. En prison, quel événement redonne à Dantès l'envie de manger alors qu'il se laissait mourir de faim ?

2. Que fait Dantès pour pouvoir aider son compagnon d'infortune à creuser ?

3. Comment l'abbé Faria occupe-t-il ses journées au château d'If ?

4. Quel est le secret de l'abbé Faria ?

5. Comment Dantès parvient-il à s'échapper du château d'If ?

Troisième partie

1. Où et dans quelles circonstances le comte de Monte-Cristo a-t-il rencontré le fils de Mercédès ?

2. Pour quelle raison Monte-Cristo va-t-il voir Danglars ?

3. Pourquoi Albert de Morcerf veut-il se battre avec Beauchamp ?

4. Qui est Haydée et pourquoi témoigne-t-elle contre le comte de Morcerf ?

5. Qu'est-ce que fait Danglars quand il comprend qu'il est perdu ?

6. Comment Dantès se venge-t-il de Danglars ?

7. Pourquoi Dantès pardonne-t-il à Danglars ?

Édition : BFM
Illustrations : Ana Santos
Couverture : Richard Melloul/SYGMA
N° de projet 10152489 - juillet 2008

Imprimé en France par l'imprimerie France Quercy - 46090 Mercuès
N° d'impression : 81007b